AF458129

L'AMI
DU SIÈCLE,
DRAME
EN TROIS ACTES.

A PARIS,

De l'Imprimerie de CAILLEAU, rue Saint Severin, vis-à-vis des murs de l'Eglise.

M. DCC. LXXVI.

Avec Approbation & Permission.

ACTEURS.

ALPHONSE, *Ministre.*

BLAISE, *Bucheron.*

GENGISKAN, *Empereur.*

ZOROASTRE, *Capitaine des Gardes.*

ACHMET, *Garde, Ministre.*

BOURREFORT, *Suisse.*

Madame DONNAMOUR.

Mademoiselle COMMODINE.

Courtisans & Chœur de Danseurs.

L'AMI DU SIÈCLE,

DRAME, EN TROIS ACTES.

ACTE PREMIER.

Le Théâtre représente une Forêt, dans laquelle on apperçoit deux Chaumières; l'une est celle d'Alphonse, l'autre celle de Blaise.

SCÈNE PREMIERE.

ALPHONSE, *regardant autour de lui.*

C'EST bon..... je puis rêver à mon aise au parti que je vais prendre..... Blaise n'est pas encore levé..... Depuis mon enfance je suis dans cette Forêt..... toujours la même compagnie.... toujours les mêmes objets se présentent à mes yeux...... Une pauvre Chaumière est mon asyle, où toujours en garde contre les bêtes féroces qui habitent cette affreuse solitude, je vis dans la plus grande crainte..... Cependant je sens bien que je ne suis pas né pour mener une telle vie.... mon nom seul me l'annonce.... Une carrière plus brillante s'ouvre devant moi; c'est la Cour; ô vie desirable! où l'on est sans cesse autour du Prince; Bons Cytoyens, vous êtes en place pour secourir vos amis, & ce n'est que pour faire un bien-être à mon cher Blaise que j'ai la témérité de porter mes vœux à ce haut degré de Puissance.... Mais, pourquoi pas? On en a vu d'aussi basse extraction que moi, parvenir aux plus hautes places...... Pourquoi n'aurois-je pas le même avantage: oui, mon parti est pris; je vais trouver Blaise, je lui déclarerai ma façon de penser; &.... (*Se retournant il l'apperçoit.*).... Mais je ne le chercherai pas bien loin, car le voici.

SCENE II.

BLAISE, ALPHONSE.

BLAISE, *se jettant au col d'Alphonse.*

AH! bon jour, mon cher Alphonse..... j'étois inquiet de toi; il est déja six heures, & je ne te voyois pas encore venir. Je te cherchois pour.... (*Le regardant*). Mais tu ne réponds rien?... Est-ce qu'il te seroit arrivé quelque chose de fâcheux?

Cette maladie qui est si commune dans ce canton, qui court d'étable en étable, auroit-elle pénétré jusques dans la tienne ?

ALPHONSE.

Hélas! non.

BLAISE.

La grêle auroit-elle endommagé tes vignes ? Parle.

ALPHONSE.

Ce n'est point tout cela.

BLAISE.

Que te seroit-il donc arrivé ? De grace, explique-toi au plus vîte.

ALPHONSE.

Tiens, mon cher Blaise, je vais t'annoncer une nouvelle, qui pour le présent ne te fera pas trop de plaisir, mais qui dans la suite te mettra au comble de tes vœux.

BLAISE.

Au comble de mes vœux, j'y serai toujours tant que je serai avec toi.

ALPHONSE.

Je suis très-sensible à ces marques d'attachement que tu veux bien me témoigner..... mais.....

BLAISE.

Quoi donc ? il semble que tu hésites à me confier quelque chose.

ALPHONSE.

Ah ! cher Blaise, pardon ; mais je crains de te faire de la peine, quoique cependant la plus grande perte sera de mon côté.

BLAISE.

Ah ! tiens, pas tant de complimens.... dis tout de suite ce que tu penses.

ALPHONSE.

Tu le veux ?

BLAISE.

Oui.

ALPHONSE.

Pour t'obéir.

BLAISE.

Pas tant de politesse, encore une fois.

ALPHONSE.

Notre misere commune, les tristes objets qui nous environnent, les malheurs qui nous menacent dans un séjour tout-à-fait éloigné des autres hommes, tout m'engage à tenter un nouveau genre de vie que j'entreprends encore plutôt pour toi que pour moi.

BLAISE.

Ciel ! quel coup ! Quoi ? cher Alphonse, tu voudrois m'abandonner ? Quoi ! les liens d'une amitié éternelle que nous nous sommes jurés mutuellement ne seront pas capables de te retenir..... Tu dis toi-même que ce qui t'y engage n'est autre chose que les malheurs qui nous menacent, que les triſtes objets qui nous environnent, que notre miſère ; & que c'eſt plutôt pour moi que pour tes intérêts perſonnels ; mais que deviendra cet ami, ſi tu l'abandonnes, puiſqu'il te jure qu'il ne peut vivre ſans toi, (*pleurant*) haï, haï......

ALPHONSE.

Tes plaintes, je le ſçais, cher Blaiſe, ſont fondées; je ſçais que c'eſt juſtement que je mérite le nom d'ingrat..... Mais oublie pour un inſtant la faute qu'Alphonſe va commettre, & examine le motif qui l'y engage, tu verras que ce n'eſt que pour le bien commun.... Oui, cher Blaiſe, je te le jure au nom de l'amitié la plus tendre; auſſi-tôt que j'aurai une place qui me fournira les moyens de nous faire vivre tous deux à notre aiſe, je vole à toi, & ſi je ne puis te donner l'Empire, c'eſt que cela ne ſera pas en mon pouvoir.

BLAISE.

Je ſuis confus de toutes tes promeſſes, je ne puis y répondre que par mes larmes, & mon cœur pénétré de la plus vive douleur, ne me dicte plus rien, ſinon, l'adieu de l'Ami le plus ſincère..... Vas, tu retrouveras toujours Blaiſe au fond de ſa Forêt.

ALPHONSE.

Adieu, cher Blaiſe, compte ſur mes promeſſes.

SCENE III.

ALPHONSE, GENGISKAN, les Gardes.

ALPHONSE *seul.*

DIEU merci, m'en voilà débarrassé; c'est à la vérité un Ami sincère; mais toujours la compagnie d'un Paysan c'est bien triste....... oui, je suis décidé : je vais tâcher de m'introduire à la Cour, & m'arranger de manière que mon caractère prévenant, mon esprit qui sçait se plier à toutes les circonstances, même à la flatterie, si elle est nécessaire, fasse ma fortune..... C'est ainsi qu'une infinité de gens de mon espece y sont parvenus.... Mais il faudroit cependant quitter ces habitudes, ces manières rustiques, quand cela m'aura réussi..... Comment m'y prendrai-je ?... voyons..... rêvons un peu à cela. ... Mais voici la pluie, le tonnerre..... un vent effroyable qui s'élève, où me mettre à couvert.... (*Se retournant il apperçoit l'Empereur poursuivi par un Sanglier*). Ciel ! qu'apperçois-je ? C'est Gengiskan poursuivi par un Sanglier; (*à demi voix*) voilà un moyen favorable pour gagner ses bonnes graces....

GENGISKAN, *effrayé.*

Ami, à mon secours.....

ALPHONSE.

Seigneur, vous voyez le plus zélé de vos

Sujets prêt à vous obéir jusqu'à la mort : (*précipitamment.*) Prêtez-moi votre lance. (*Il s'avance sur le Sanglier, lui donne plusieurs coups, entr'autres un entre les deux oreilles qui le renverse par terre, aussi-tôt les Gardes accourent pour le rachever ....*)

GENSISKAN, *à ses Gardes.*

Vous voyez devant vous un homme à qui je dois la vie. (*Se retournant vers Alphonse.*) Que demandes-tu pour ta récompense ?

ALPHONSE.

Rien autre chose que la gloire d'avoir sauvé la vie à mon Roi.

GENGISKAN.

Qui es-tu ? que fais-tu ?

ALPHONSE.

Je suis un pauvre Bucheron de cette forêt, fort mécontent de son sort.

GENGISKAN *à part.*

Ciel ! quel cœur ! quel ame ! pour un homme de cette profession... (*haut.*) Je l'adoucirai... & j'examinerai s'il est quelque place dans mon Empire capable de reconnoître le service que tu viens de me rendre.

SCENE IV.

ZOROASTRE, BLAISE.

L'on voit paroître ZOROASTRE, *Capitaine des Gardes, transi de froid, lequel a perdu la chasse).*

ZOROASTRE, *seul.*

CIEL ! quel orage ! de quel côté l'Empereur seroit-il allé ? (*On baisse les lumieres*). Voici la nuit, je ne sçais que devenir !... Que ces lieux sont déserts ; voici cependant une espèce de chaumière ; il faut que je voie celui qui l'habite. (*Frappant du pied.*) hola, quelqu'un.

BLAISE.

Qui est-ce qui est la-bas.

ZOROASTRE.

Ami.

BLAISE.

Quoi! tu as déja fait fortune ?

ZOROASTRE.

Que veut-il donc me dire ; j'ai fait fortune....

BLAISE.

Il paroît que cela va grand train à la Cour.

ZOROASTRE.

Par ma foi, je ne sçais ce qu'il veut me dire.... Ouvrez, s'il vous plaît.

BLAISE.

Excuſe cher Alphonſe, ton abſence m'eſt tellement ennuyeuſe, que pour ne pas trouver le temps ſi long, je me couche de bonne-heure.

ZOROASTRE.

Je crois que ce bon-homme rêve.

BLAISE, *ouvrant la porte, va pour ſe jetter à ſon col.*

Comment t'es-tu porté depuis ton abſence, cher...... (*ſe reculant auſſi-tôt*,) (*à demi voix*) je me trompe, (*haut*) qui êtes-vous, Monſieur, s'il vous plaît ?

ZOROASTRE.

Je ſuis un pauvre diable bien crotté, bien mouillé, qui vient vous demander à ſouper....

BLAISE.

A ſouper.... très-volontiers ; mais il ſera bien ſimple... il me ſemble que tu te chaufferois bien auſſi.

ZOROASTRE, *à demi-voix.*

Voilà un galant-homme ; mais il me paroît qu'il ne ſe gêne pas. (*haut.*) Je ſuis confus de toutes vos politeſſes.

BLAISE.

Oh tiens ; ne me parle pas de politeſſe, je ne la connois pas... Où es ton chapeau ?

ZOROASTRE.

Pourquoi ? Je l'ai à ma main.

BLAISE.

On a raison de dire qu'un Paysan n'est qu'un ignorant ; je ne sçavois pas encore qu'un chapeau fût fait pour être tenu à la main.

ZOROASTRE.

Mais, c'est par respect.

BLAISE.

Il me semble que tu as quelque place à la Cour ; car tu parles toujours de politesse, de respect ; enfin, c'est toujours compliment. Hé, tu ne t'es pas encore servi de ces mots qui me paroissent si beaux, *équité*, *justice*, *humanité*.

ZOROASTRE.

Il est vrai que ce sont des anciens mots qui ne sont plus guères usités.

BLAISE.

Allons, allons..... il n'en faut plus douter.... tu es à la Cour ; je m'en vais te servir à souper, & en te chauffant tu voudras bien satisfaire ma curiosité ; ce ne sera pas un souper de Cour au moins.... (*Il apportera une table sur laquelle il y aura un morceau de pain, de fromage, une bouteille de vin & deux verres*). Hé bien, qui es-tu donc à la Cour ?

ZOROASTRE.

Il est inutile de vous le cacher.

BLAISE.

Mais pourquoi te gêner ? Tu as tort de dire *vous* ; *te*, me conviendroit assez.

ZOROASTRE.

Ho! cela m'eſt égal ; comme vous.... tu.... (*Se reprenant.*) tu voudras.... pour te ſatisfaire, je ſuis Zoroaſtre, Capitaine des Gardes.

BLAISE, *l'interrompant.*

Capitaine des Gardes.... Ha! pardonnez ſi je vous ai parlé ſi cavalièrement.

ZOROASTRE.

Je n'ai pas beſoin de te pardonner ; tu ne m'as pas offenſé.... mais à mon tour, je ne ſouffrirai pas que tu diſes *vous.*

BLAISE.

Buvons un coup à cauſe de cela.... après.... par quel haſard es-tu par ici ?

ZOROASTRE.

L'Empereur vint aujourd'hui chaſſer le ſanglier dans ces cantons.... L'orage a fait que je me ſuis égaré .. Le jour eſt venu à tomber, & je me trouve fort heureux d'avoir trouvé ta cabane ; quoique cependant le ſort de l'Empereur m'inquiète ; car au moment où je l'ai perdu du vue, il en étoit aux priſes avec le ſanglier..... mais je ne puis avoir de ſes nouvelles que demain, car il eſt trop tard pour m'en retourner.

BLAISE.

Voilà, comme vous êtes vous-autres ; c'eſt dans le moment que l'Empereur a le plus beſoin de vous, que vous l'abandonnez.

ZOROASTRE.

Mais ce n'eſt pas ma faute..... Il eſt tems de nous repoſer..... bon ſoir.... (*Il ſe leve de table, va pour entrer dans la chaumière; mais entendant le bruit des corps, il revient.*... Il me ſemble entendre comme le ralliement des Chaſſeurs... c'eſt ſûrement moi que l'on cherche...... (*Il donne un coup de ſifflet pour faire venir les Chaſſeurs du côté de la chaumière de Blaiſe, & Blaiſe monte ſur le toît avec une lanterne, pour ſe faire appercevoir des Chaſſeurs qui viennent auſſi-tôt de ce côté.... Achmet, un des Gardes, prend la parole*).

SCENE V.

ACHMET, ZOROASTRE, BLAISE.

ACHMET.

CAPITAINE, voilà trois heures que nous vous cherchons dans cette forêt.

ZOROASTRE.

Trois heures.

ACHMET.

Oui..... ſçavez-vous le malheur qui ſeroit arrivé à l'Empereur ſans un pauvre Payſan.

ZOROASTRE.

Je l'ignore.

BLAISE.

Comment ſe nomme-t-il ce Payſan?

ACHMET.

Je vous le dirai.

ZOROASTRE.

Que lui ſeroit-il donc arrivé?

ACHMET.

Le ſanglier l'alloit dévorer, ſi un pauvre Bucheron n'eût pris la lance de l'Empereur, & n'en eût donné pluſieurs coups à l'animal furieux, entr'autres un entre les deux oreilles qui l'étendit par terre.

ZOROASTRE, *étonné.*

Ciel! cela eſt-il poſſible... & comment ſe nomme ce Bucheron?

ACHMET.

Alphonſe.

BLAISE, *joyeux.*

Alphonſe! c'eſt mon ami.

ZOROASTRE.

C'eſt ton ami?

BLAISE.

Oui.... il a toujours demeuré ici avec moi; il m'a même dit qu'il alloit aller à la Cour, pour trouver quelqu'emploi, & que s'il réuſſiſſoit, il me feroit ma fortune.....

ZOROASTRE.

Hé bien! je puis t'assurer que s'il tient sa promesse, elle est faite.

ACHMET.

Oh oui, car l'Empereur lui a promis devant nous.

BLAISE.

Je ne veux pas quitter ma forêt.

ZOROASTRE.

Après ce qui vient d'arr ver à l'Empereur, je ne puis rester plus long tems ici, peut-être a-t-il quelque chose à m'ordonner.... (*Aux Gardes.*) Partons.... Adieu, mon ami Blaise, adieu....

BLAISE.

Au revoir....

SCENE VI.

BLAISE, *seul.*

MORBLEU! Alphonse a fort bien réussi; il est vrai qu'il est bienheureux que l'Empereur ait manqué d'être dévoré ... il peut dire qu'il a tué son Bienfaiteur; j'irai, pas plus tard que demain, le féliciter de son bonheur..... Comme je vais être bien reçu!... Oh! il va sûrement m'engager à rester auprès de lui; mais non; mon parti est pris. Aussi-tôt que je lui aurai témoigné toute la joie que je ressens de ce que tout va selon ses desirs, je reviens dans ma forêt.... oui... mais il se fait tard, rentrons nous coucher.... Pour le coup jamais je ne suis couché avec tant de joie.

SCENE

SCENE VII.

ZOROASTRE, ACHMET.

ZOROASTRE, *seul.*

CIEL! quelle injustice! hélas! pauvre Blaise, que j'envie ta position! qui se seroit attendu que l'Empereur, parce que je ne me suis pas trouvé à la place d'Alphonse, pour faire ce qu'il a fait, m'auroit ôté ma place, pour la donner à un homme de rien? Moi, qui ai toujours pris les intérêts de mon Roi, être ainsi récompensé..... Oui, c'est décidé... j'irai... oui, j'irai demain matin trouver ce bon Paysan qui m'a si bien reçu, & je lui dirai que l'Empereur m'a ôté ma place pour la donner à son ancien ami, & que je viens lui demander celle qu'il occupoit autrefois chez lui... (*Se retournant.*) Mais voici un Garde qui vient sûrement m'annoncer quelques nouvelles... Ecoutons-le... c'est Achmet....

ACHMET, *accourant.*

Ha! cher Capitaine, je suis au comble de la joie, & je viens vous annoncer une nouvelle qui fera le même effet sur vous.... Vous sçavez que l'Empereur avoit donné votre place à Alphonse.

ZOROASTRE, *soupirant.*

Hélas! oui.

ACHMET.

Eh bien! consolez vous; je viens de sa part pour vous dire qu'il vous la laisse.

ZOROASTRE.

Ne viens-tu pas m'insulter dans mon malheur?

ACHMET.

Non, cher Capitaine.... & je vais vous raconter ce qui s'est passé.... cela contribuera peut-être à vous confirmer ce que j'avance.... L'Empereur étoit fort indisposé contre Monsieur de la Colombiere, son premier Ministre; à ces différens sujets de mécontentemens s'est jointe Madame Donamour, qui a dit au Monarque qu'il avoit attenté à son honneur. L'Empereur aussi-tôt l'a fait venir, & lui a signifié qu'il donnoit sa place à Alphonse.... Monsieur de la Colombiere, très-mécontent de cette nouvelle, alloit prononcer quelques paroles pour se justifier, lorsque l'Empereur lui ordonna de se retirer au plutôt.

ZOROASTRE.

Comment! Alphonse est premier Ministre?

ACHMET.

Oui, cher Capitaine.

ZOROASTRE.

Cours au plus vîte annoncer cette nouvelle à Blaise son ami, chez qui tu m'as trouvé.

ACHMET.

Je vais exécuter vos ordres.

ZOROASTRE.

Pour moi, je vais remercier l'Empereur de ce qu'il a bien voulu me conserver ma place.

ACHMET.

Nous l'avons déjà remercié de la gratification qu'il nous a faite, en nous laissant toujours notre Capitaine.

Fin du premier Acte.

ACTE II.

Le Théâtre représente un Palais magnifiquement orné, & un Suisse à la porte, qui fait entrer plusieurs personnes de distinction, qui viennent faire leur cour au nouveau Ministre..... L'on fera le point du jour.

SCENE PREMIERE.

BLAISE, BOURREFORT.

BLAISE, *accourant tout essoufflé.*

HOUF.... je ne sçais pas si je me suis levé assez matin.... Voilà là-bas la porte, (*courant précipitamment*) je vais entrer.

BOURREFORT, *entendant du bruit, sort & repousse Blaise.*

Que veux-tu? que demandes-tu?

BLAISE.

Ah ben? voilà une singulière question... Pardi, je demande mon ami... & puis... est-ce que cela te regarde?

BOURREFORT, *le repoussant de nouveau.*

Retire-toi d'ici.

BLAISE.

Je ne sortirai pas que je n'aie parlé à mon ami....

BOURREFORT.

Retire-toi, te dis-je.... Tu n'as pas d'amis en ce lieu.

BLAISE.

Hé! morbleu; si je n'en avois pas, je n'y viendrois pas.

BOURREFORT, *riant.*

Houf.... houf.... houf.... voilà un homme bien bâti, pour avoir des amis ici. Houf.., houf... (*le repoussant de nouveau.*) veux-tu t'en aller.

BLAISE.

Oh! tu as beau faire, va, je ne m'en irai pas que je n'aie parlé à mon ami.

BOURREFORT.

Mais qu'est-il donc ton ami?

BLAISE.

Pardi.... c'est Alphonse....

BOURREFORT, *en colère.*

Qu'appelles-tu, Alphonse? Est-ce que tu ne peux pas dire, Monseigneur?

BLAISE.

Eh bien, Monseigneur Alphonse, là, voyons...

on voit bien que tu ne sçais pas que nous avons été élevés ensemble, & que ne voilà pas longtems que nous sommes séparés....

BOURREFORT, *riant.*

Houf... houf.... houf.... (*A demi-voix*). Parbleu, il faut que je lui dise d'attendre pour voir s'il osera parler à Monseigneur (*Se retournant vers Blaise*). Hé bien, il ne fait pas encore jour chez Monseigneur : attends, si tu veux, qu'il sorte de son Palais. (*Il se retire*).

SCENE II.

BLAISE, ALPHONSE, les Courtisans.

BLAISE *seul, appuyé sur son bâton.*

COMME je vais te faire donner sur les oreilles par mon ami, vas.... Ah ben, tu me payeras cher toutes les bourrades que tu viens de me donner, & je suis sûr que tu ne seras pas longtems sans t'en repentir..... (*Regardant autour de lui, il reste immobile en voyant la magnificence du Palais*). Ah! que c'est beau, j'étois si occupé de mon ami, qu'en entrant je n'y avois pas pris garde.... Mais, peut-être me suis-je bien trompé... Cela pourroit bien être le Palais de l'Empereur.... Si ce butor reparaissoit, je m'éclaircirois. (*Se retournant, il voit les deux portes s'ouvrir, & Alphonse, entouré d'une foule de Courtisans, aussi-tôt il va se jetter à son col, en s'écriant :* Bon jour, mon ami.

ALPHONSE, *le repoussant, se retournant du côté d'un de ses Courtisans, en disant ;*

Cet homme me parle, je crois.

BLAISE, *se retournant, dit à demi-voix,*

C'est drôle, il ne me reconnoît pas. (*Haut*). Quoi ? Vous ne reconnoissez pas Blaise, votre ancien ami......

ALPHONSE, *riant.*

Ha, ha, ha....... En voilà bien d'un autre, ha...... qu'on me mette cet homme-là à la porte.... Parbleu, voilà du plaisant.... Ha, ha.... Mais..... mais.....

BLAISE.

Mais je ne viens pas ici pour vous demander quelque chose.

ALPHONSE.

Quoi ? on n'a pas encore exécuté mes ordres. (*A cette parole les Domestiques, & sur-tout Bourrefort, exécutent les ordres du Ministre ; pendant qu'on le repousse, Blaise prononce ces mots*).

BLAISE.

Je venois pour féliciter un ami parvenu..... Mais je vois bien que le sujet de ma démarche n'etoit pas du tout conforme à sa situation ; il est vrai, que si j'eus sçu que vous aviez perdu la vue : j'aurois préparé un compliment de condoléance.

ALPHONSE, *à ses Courtisans.*

D'honneur, je ne sçais ce que demande cet original.

LES COURTISANS.

Ah! c'est sûrement quelque malheureux qui vouloit s'introduire en votre Palais en qualité d'esclave.

ALPHONSE.

Mais, il devoit s'y prendre autrement.

LES COURTISANS.

Seigneur, il fait aujourd'hui une belle journée.

ALPHONSE.

Oui, à quoi l'emploierons-nous ? (*Réfléchissant*). Il faut aller à la chasse.

LES COURTISANS.

Je ne crois guères que cela soit possible...... Car vous sçavez qu'il y a aujourd'hui une fête chez l'Empereur, en reconnoissance du service important que vous lui avez rendu.

ALPHONSE.

Oui, c'est vrai; hé bien, rentrons jusqu'à ce soir.

SCENE III.

Madame DONNAMOUR, Mademoiselle COMMODINE.

Mademoiselle COMMODINE.

QU'AVEZ-VOUS donc, ma chère mère? D'où vient cet air sombre qui règne sur votre visage? Je suis sûre qu'Alphonse ne seroit pas plus triste, si l'Empereur lui avoit retranché quelque chose de ses revenus.

Madame DONNAMOUR.

Hélas! ma chère amie..... Tu me parles d'un homme qui seul est cause de mon chagrin; c'est un ladre s'il en fut jamais... Un homme qui n'aime que la conversation des femmes, & non leur personne.... Un fat qui, lorsqu'il en voit une, la regarde comme son esclave.... Vois un peu si un tel homme peut nous convenir.

Mademoiselle COMMODINE.

Pas-du-tout, ma chère mère; au portrait que vous venez d'en faire, je vois bien qu'il n'est pas de mode; aussi, toute réflexion faite, il faut tâcher de le disgracier auprès du Prince.... Vous avez bien réussi pour M. de la Colombiere; il faut espérer qu'il en sera de même pour Alphonse.

Madame DONNAMOUR.

Je voudrois bien pouvoir le faire.... Mais il ſera beaucoup plus difficile de le diſgracier que de la Colombiere ; il faudra peut-être des preuves ; & ſi Gengiskan venoit à en exiger ; & que nous n'en ayons pas à lui donner, nous ſerions diſgraciés nous-mêmes.... Ainſi il faut imaginer quelque moyen........ (*Réfléchiſſant.*) Tiens, en voici un.... Hier l'Empereur m'a dit qu'il donnoit ce ſoir une fête, en rejouiſſance de ce qu'il n'avoit pas, par le ſecours d'Alphonſe, été dévoré à la chaſſe ; il faut que cette fête que l'on fait pour lui, ſoit la perte de ce Miniſtre avare... Tu y aſſiſteras avec moi, & tu feras enſorte que ta beauté, relevée par les éclats de tes habits, charme toute l'aſſemblée, que les doux ſons de ta voix harmonieuſe la raviſſent ; enfin que la danſe l'enchante ; lorſqu'une fois tu auras, par tes attraits, enivré Gengiskan, nous obtiendrons de lui tout ce que nous voudrons.

Mademoiſelle COMMODINE.

Oui, ma chère mère, c'eſt fort bien penſer ; je vais me revêtir d'habits plus brillants. (*Elles ſe retirent.*)

SCENE IV.

ZOROASTRE, ACHMET.

ZOROASTRE.

J'Ai appris que le pauvre Bucheron, qui m'a reçu de si bon cœur dans sa chaumiere, le jour que l'Empereur pensa être dévoré, étoit venu ici, & qu'il avoit été très-mal reçu.... J'en suis au désepoir... Car je suis sûr que c'est la force de l'amitié qui l'a poussé comme dans ce lieu pour venir féliciter son ancien ami.

ACHMET.

Mon Capitaine, entre nous soit dit, ce n'est pas ce que le Ministre a fait de mieux.

ZOROASTRE.

On ne peut rien faire de plus indigne...... Devoit il agir ainsi, après les promesses qu'il avoit faites à ce pauvre homme, jusqu'à lui dire, que s'il ne lui donnoit pas l'Empire, c'est qu'il n'étoit pas en son pouvoir.

ACHMET.

Tel est le changement que fait la fortune sur des cœurs aussi vils que celui d'Alphonse ! Quel doit être le chagrin de cet homme de bien, après une réception aussi dure de la part de celui qui autrefois partageoit ses peines & ses plaisirs, si toutefois il en étoit pour lui.... O ingratitude !

ZOROASTRE.

Tiens..... Aujourd'hui l'Empereur donne une grande fête ; j'étois présent lorsque Gengiskan a dit à Madame Donnamour de s'y trouver.... Elle a un pouvoir absolu sur l'esprit du Monarque..... Il faudra, par son entremise, tâcher de faire punir l'orgueil de ce parvenu.

ACHMET.

Madame Donnamour..... Je la connois très-particulièrement..... Elle a même la bonté de s'intéresser pour moi, & sûrement qu'elle ne demandera pas mieux que de nous être utile en cette occasion....

ZOROASTRE.

Eh bien.... Comme voilà l'heure du festin qui approche, il faut aller la trouver.... Et.... Mais j'entends quelqu'un..... C'est peut-être Alphonse..... (*Se retournant, il apperçoit Madame Donnamour & Mademoiselle Commodine magnifiquement habillées.*)

SCENE V.

ZOROASTRE, Madame DONNAMOUR, ACHMET, Mademoiselle COMMODINE.

ZOROASTRE, *courant à elles.*

MADAME, je vous salue.

Madame DONNAMOUR.

Ha, ha!... Vous voilà, Zoroastre ; que faites vous donc ici ? Et vous voilà aussi, Achmet ?

ACHMET.

Oui, Madame.....

Madame DONNAMOUR.

Sans doute que vous venez dans l'intention de faire votre cour au nouveau Ministre ? ....

ZOROASTRE.

Que le Ciel nous en préserve !

Madame DONNAMOUR.

Cmment ? ....

Mademoiselle COMMODINE.

Est-ce que vous avez eu quelque différent avec lui ?

ZOROASTRE.

Non, Mademoiselle.... Mais nous avons envie de lui faire notre cour d'une singulière façon.

Madame DONNAMOUR.

Qu'entends-je ? ... Que vous a-t il donc fait?

ZOROASTRE.

Je vais vous rapporter un de ses traits.....
« *Du tems qu'il étoit dans l'infortune, il la par-*
» *tageoit avec un homme que le même toît vit naître*
» *avec lui.....Il se nomme Blaise : on peut lui don-*
» *ner le surnom d'Ami sincère ; je l'ai éprouvé : je l'ai*
» *vu moi même le jour que l'Empereur manqua d'ê-*
» *tre dévoré..... Je m'étois égaré dans la forêt qui*
» *est des plus désertes : j'étois dans la plus grande*
» *crainte, lorsque j'apperçus la chaumiere de ce bon*
» *Paysan ; j'y cours, je frappe, j'entends demander...*
» qui est-ce qui frappe?.... A cette parole, je ré-
» ponds... ami... Quoi! s'écrie aussi-tôt Blaise,
» c'est toi, cher Ami.... excuse si je te fais atten-
» dre.... (*car alors il étoit couché*) ; mais ton ab-
» sence m'est si ennuyeuse que je me couche de
» bonne-heure pour ne pas trouver si longues ces
» heures qui passent avec tant de rapidité, lors-
» que nous sommes ensemble.... *Il vient m'ouvrir,*
» *va pour se jetter à mon col, croyant que c'étoit*
» *Alphonse : peut-on donner une plus grande mar-*
» *que d'amitié ; on voit aisément le langage d'un*
» *cœur sensible..... Aussi-tôt je me fais connoître à*
» *lui : vous ne sçauriez croire l'empressement avec*
» *lequel il allume du feu pour sécher mes vêtemens,*
» *avec quelle joie il me prépare à souper ; enfin,*
» *Achmet que voici présent, a été témoin d'une par-*

» *tie du service que cet homme m'a rendu ; il sçait* » *lui-même quel intérêt il a pris au récit du malheur* » *qui avoit manqué d'arriver au Monarque ; il sçait* » *avec quelle joie il a appris que c'étoit Alphonse* » *qui lui avoit sauvé la vie.....* J'irai, s'écrie-t-il, » dans les transports de sa joie ! J'irai au plutôt le » féliciter de son bonheur !...... *Ce matin arrive* » *ce véritable Ami, il ne regarde, ni la magnificen-* » *ce de ce Palais, ni son agréable situation ; l'or &* » *les pierreries qui y brillent ne l'éblouissent point,* » *il ne cherche que son Ami.... Il frappe, on le re-* » *pousse ; il insiste, on lui dit d'attendre.... Il s'ap-* » *puie sur son bâton ; une heure, deux heures se pas-* » *sent, il ne voit point arriver son Ami.... Enfin,* » *la porte s'ouvre, paroît Alphonse entouré de ses* » *vils adulateurs...... Vos yeux n'auroient pu* » *s'empêcher de verser des larmes, s'ils eussent vu le* » *plus fidèle des amis percer cette foule importune,* » *se jetter au col de cet ingrat, qui, d'un air arro-* » *gant, ordonne qu'on le mette à la porte.* Tel est, Madame, tel est le sujet de ma haine envers le plus orgueilleux de cette Cour.

Madame DONNAMOUR,

Ajoutez au titre d'orgueilleux celui d'avare ; ainsi en faisant nos efforts pour le disgracier, je pense que nous rendrons un service important à tout le Peuple.

Mademoiselle COMMODINE.

Je le crois aussi.

ZOROASTRE.

Achmet, je m'en vais aller sçavoir l'heure à laquelle l'Empereur se mettra à table.

ACHMET.

Mon Capitaine, j'y cours.

Mlle. COMMODINE, *à Zoroastre.*

Si nous réussissons dans notre entreprise, nous ne pourrons donner un meilleur conseil à Gengiskan, que de vous donner la place d'Alphonse.

ZOROASTRE.

Je vous rends mille graces de vouloir bien penser à moi; assurément je ne le mérite pas.... Mais je suis satisfait de ma place; daignez plutôt demander celle d'Alphonse pour Achmet.....

Mme. DONNAMOUR.

Parlez-vous sincérement?

ZOROASTRE.

On ne peut pas plus.

ACHMET *avertit Zoroastre que l'Empereur vient chez Alphonse.*

Capitaine, voici l'Empereur qui vient ici...

Mme. DONNAMOUR,

Ciel! voilà une occasion favorable.

ZOROASTRE.

Oui, Mesdames...... il faut plutôt lui parler de cela avant le festin.

Mlle. COMMODINE.

Oui.

SCENE VI.

GENGISKAN, Mlle. COMMODINE, Mme. DONNAMOUR, ACHMET, ZOROASTRE, Gardes, Courtisans.

GENGISKAN.

(L'Empereur paroît environné de ses Courtisans & suivi de ses Gardes ; Zoroastre prend sa place de Capitaine, parle à Donnamour & à sa fille).

COMMENT, chere Donnamour, vous voilà ici, je vous croyois déjà à l'Assemblée.

Mlle. COMMODINE *feignant de pleurer.*

Ha, ha....... nous n'avons pas envie d'y aller.

GENGISKAN.

Qu'avez-vous donc, chere Commodine, vous pleurez.

Mme. DONNAMOUR.

Elle en a lieu.......

GENGISKAN.

Pourquoi donc ?

Mme. DONNAMOUR.

Ah ! grand Prince..... je n'ose vous le dire...... dans la crainte que vous ne me croyez pas.

GENGISKAN.

GENGISKAN.

Pourquoi ne vous croirois-je pas ?...... Parlez.

Mme. DONNAMOUR.

Mais.....

GENGISKAN.

Je le veux.

Mme. DONNAMOUR.

Le nouveau Ministre a donné aujourd'hui un repas splendide auquel il nous a invitées......, Pendant le repas il n'étoit occupé que de faire à ses Courtisans l'éloge de la beauté de ma fille..... Au dessert, il se leva ; & me dit, qu'il avoit quelque chose à me communiquer..... Je le suis.... Jamais je ne fus plus surprise que d'entendre Alphonse demander ma fille, non en mariage, mais pour en faire le jouet de ses infâmes passions, & a juré que cela seroit, parce qu'il a le pouvoir en main... Voilà, Seigneur, voilà ce qui cause les chagrins d'une tendre mere & les larmes d'une fille vertueuse.

GENGISKAN, *à Commodine.*

Consolez-vous, chere Commodine, je vais y mettre fin...... Je prétends prendre part à vos chagrins. (*A Zoroastre*). Zoroastre, allez dire qu'il n'y aura pas de fête aujourd'hui, que je la remets. (*A Achmet*). & vous Achmet, allez dire à Alphonse que je le demande. (*En colere*). Comment cet homme de rien que j'ai avancé si promptement a osé, sçachant mes vues sur vous, vous faire une pareille proposition, aller sur les brisées de son Bienfaiteur, de son Maître, enfin de son Roi.

Mme. DONNAMOUR.

Oui, Seigneur, j'en frissonne encore.... Mais... voici qu'il vient.

(*On voit paroître Alphonse suivi d'un nombreux cortege de Courtisans & de Domestiques*).

SCENE VII.

GENGISKAN, Mlle. COMMODINE, ALPHONSE, Mme. DONNAMOUR, ACHMET, Courtisans, Gardes, Domestiques......

GENGISKAN, *toujours en colère, à Alphonse.*

COMMENT as-tu eu l'audace, après les bienfaits dont je t'ai comblé, de concevoir le hardi projet de séduire la personne la plus charmante de ma Cour..... Oui, dans ce moment, j'oublie le service que tu m'as rendu : (*Tirant son épée, il ira pour l'en frapper, Commodine l'arrêtera aussi-tôt*).

Mlle. COMMODINE, *précipitamment.*

Grand Prince, qu'allez-vous faire? Aurez-vous le courage de donner la mort à celui qui vous a sauvé la vie.... Par un acte de magnanimité, rendez-lui aujourd'hui. (*A ces mots l'Empereur arrête son bras, & jettant un regard amoureux sur Commodine, laisse tomber son épée*).

GENGISKAN, *s'adouciſſant.*

Ah! cher Commodine, je me rends à vos repréſentations: (*Se retournant vers Alphonſe*). mais qu'il ſe retire ſur le champ.....

Pendant cette Scène Alphonſe, qui a reſté immobile, ſe jette aux pieds de l'Empereur.

ALPHONSE.

Daignez m'écouter.......

GENGISKAN, *en courroux.*

T'écouter...... (*Criant.*) Que dis-tu là?....

ALPHONSE, *tremblant.*

Je ne ſçais......

GENGISKAN.

Retire-toi, te dis je... & afin que tu n'ignores pas celui qui doit te remplacer... (*Se tournant vers Mme. Donnamour & ſa fille*). J'ordonne à ces Dames de nommer un Miniſtre.

Mme. DONNAMOUR.

Seigneur... Nous.....

GENGISKAN.

Parlez.

Mlle. COMMODINE.

Mais.

GENGISKAN.

Je le veux.

Mme. DONNAMOUR.

Grand Prince, Zoroaſtre eſt un de ceux qui l'a

mérité le plus..... Mais son grand cœur, son peu d'ambition, sa générosité, offrent à son défaut Achmet, qui conduit par la sagesse, l'équité, l'Amour pour son Prince, soutiendra avec dignité la majesté de l'Empire. (*L'Empereur ôtant le manteau attaché à la place de Ministre dont Alphonse est revêtu, le met sur les épaules d'Achmet, puis ordonne qu'on chasse Alphonse*).

GENGISKAN, *à Achmet.*

Je vous donne ce Palais ; ces esclaves sont à vous : je mets entre vos mains les rênes de l'Empire...... que ce qui vient d'arriver à Alphonse soit une leçon pour vous & vos successeurs.

(*Achmet baise la tête pour marque de remerciment*).

Fin du second Acte.

ACTE III.

Le Théâtre représente une Forêt.

SCENE PREMIERE.

ALPHONSE, *seul en habit de Paysan.*

CIEL ! Qu'ai-je donc fait pour être chassé ainsi de la Cour ? après les services que j'ai rendu à l'Etat & à mon Roi..... Ministre fidele, j'ai tout entrepris pour le bien des Peuples..... Sujet zélé, j'ai tout sacrifié... ma vie même pour sauver celle de mon Roi..... En un instant on m'a vu au comble des grandeurs..... Un instant après l'on me voit ramper dans la poussiere...... Que vais-je faire ? que vais-je devenir ? Mon orgueil m'a fait perdre l'ami le plus sincère. .... Hélas ! s'il sçavoit combien je me repens de la maniere avec laquelle je l'ai reçu..... il accourroit aussi-tôt... viendroit se jetter à mon col avec le même empressement qu'il y est venu lorsque j'étois environné de cette foule de Courtisans qui ne daignent plus me regarder, & qui sont cause de la mauvaise réception que j'ai faite à mon ami..... Ah ! si j'osois.... j'irois le trouver... Je me jetterois à ses genoux.... je le supplierois de pardonner au plus ingrat des Amis.... Je lui dirois que la société d'un ami sincère, est mille fois préférable à cette foule d'adulateurs qui assaillissent sans cesse ceux qui sont en place, & dans les transports de mon amour..... je..... Mais je n'ose.... Après ce que je lui ai fait l'aller troubler dans sa solitude.... Mais.... peut-être que celui que j'ai reçu avec tant d'arrogance, lorsque j'étois en place, me recevra avec bonté, quoique dans l'indigence.... Essayons.... (*Il va heurter à la cabane de Blaise*).

SCÈNE II.

BLAISE, ALPHONSE.

BLAISE.

QUI est-ce qui est là-bas ?

ALPHONSE.

Je n'ose répondre [*Haut*]. C'est un orgueilleux qui vient s'humilier.

BLAISE, *regardant par la fenêtre*.

Un Ministre devant un Bucheron, cela est nouveau. [*Ouvrant, Alphonse se jette à ses genoux*]. De grâce, cher Alphonse, relevez-vous.

ALPHONSE.

Oui.... cet ingrat est prêt à vous obéir, si vous daignez, tout indigne qu'il en est, lui pardonner l'offense qu'il vous a faite, ayant, comme vous l'avez judicieusement remarqué, perdu la vue & l'esprit même.

BLAISE, *le relevant*.

Vous ne m'avez pas du tout offensé ; mais dites-moi, je vous prie, si vous avez quitté le manteau dont vous êtes ordinairement revêtu, & cette suite qui vous environne, pour venir me voir.... ou si cet état est l'effet de quelque disgrace.

ALPHONSE.

Helas, cher Blaise, c'est ce qui me doit rendre plus coupable à vos yeux... car si j'eusse réparé ma faute lorsque j'étois encore en place, je ne serois pas si criminel.

BLAISE, *étonné*.

Quoi ! vous n'êtes déja plus rien !

ALPHONSE.

Non.

BLAISE.

Il me paroît qu'à la Cour, on est aussi prompt à élever qu'à abaisser..... Mais quel en a été le sujet ?

ALPHONSE.

Je l'ignore.

BLAISE.

Vous l'ignorez..... C'est assez singulier...... depuis quand êtes-vous remercié ?

ALPHONSE.

Depuis hier ; l'Empereur devoit donner une fête en réjouissance du malheur dont je l'avois préservé..... l'heure du repas approchoit lorsque Achmet vint me dire qu'il n'y auroit pas de fête, & que l'Empereur me demandoit...... J'y cours... Quelle fut ma surprise, lorsque je lui entendis prononcer ces mots : « *ingrat, après les bienfaits*

» *dont je t'ai comblé, tu as eu l'audace d'attenter à* » *l'honneur de Mademoiselle Commodine, la plus* » *belle Princesse de ma Cour* ». Disant cela, il tire son épée, & m'en eût frappé, si on ne l'eût retenu; » *he bien*, a-t-il ajouté, *retire-toi* au plutôt » de devant moi ». Ensuite il a donné ma place à Achmet.

BLAISE.

Diable! c'est comme cela que l'on remercie à la Cour; quant à Achmet, je le connois.

ALPHONSE.

Vous le connoissez?

BLAISE.

Oui, & je vais vous dire comment...... Le jour que l'Empereur pensa être dévoré, j'entendis frapper..... j'ai tréssailli de joie croyant que c'étoit vous..... Je ne fus jamais plus surpris lorsque je vis Zoroastre qui me demanda à souper; je le lui servis.... à la fin du souper, nous entendîmes le bruit des cors..... C'étoit lui qu'on cherchoit; nous appellâmes, & après plusieurs signes que nous fîmes, on vint du côté de la Chaumière, & Achmet nous apprit tout ce qui s'étoit passé... Voilà comme j'ai fait connoissance avec lui....

ALPHONSE.

Eh bien, cher Blaise, c'est à lui à qui l'on a donné ma place..... Je n'en suis plus fâché, puisque vous voulez bien m'accorder encore votre amitié. [*Avec transport*]. Non, je le répéte, je n'ai rien perdu au change.

BLAISE.

Maintenant que vous n'êtes plus Ministre, pas tant de complimens..... reprenons notre ancienne amitié, & jamais de *vous* entre nous; tu n'as peut-être pas encore ni bu ni mangé, depuis que tu n'es plus Ministre ?....

ALPHONSE.

Ma foi tu l'as dit.

BLAISE.

Nous allons, cher Alphonse, pour célébrer notre union, employer ce beau jour en festin..... Rentrons.....

SCÈNE III.

[*On voit Zoroastre & Achmet revêtu du Manteau du Ministre*].

ZOROASTRE, ACHMET.

ACHMET.

Je vais réparer l'insolence d'Alphonse envers le plus fidéle des amis.

ZOROASTRE.

Vous allez en même-temps le combler de joie.

ACHMET, *avec transport.*

Non, cher Zoroastre, je ne sçaurois trop comment témoigner mon amour à l'homme le plus vertueux.....

ZOROASTRE.

Il est vrai qu'il en mérite de grands.

ACHMET.

Ce seroit une perte considérable qu'un tel homme restât dans l'oubli... Je vais lui offrir une place à la Cour, afin d'être plus à portée de suivre ses conseils.

ZOROASTRE.

Ah! cher Achmet, l'acte de générosité que vous allez lui faire.... vous le faites à moi-même....

ACHMET.

Quel homme en fut jamais plus digne... quel homme mérita jamais plus que lui d'occuper la place de cette foule de Courtisans, qui ne cherchent qu'à flatter, & non à être utiles.... Nous en avons eu un exemple frappant dans Alphonse.... Aussi ai-je renvoyé cette foule que je regarde comme de vils esclaves, pour voler auprès d'un homme que je préfere à eux tous.... Venant auprès de ce bon Paysan revêtu de la Pourpre Royale, je ne crois pas l'avilir.....

ZOROASTRE.

Au contraire, vous lui donnez un nouvel éclat.

ACHMET.

Ah! Zoroastre, la trouvaille que vous fîtes, fut un véritable trésor, & vous fûtes plus heureux, le jour que vous le trouvâtes, que ne le fut Alphonse le même jour qu'il se vit, en sauvant la vie à l'Empereur, élevé à la première place de l'Empire.... Oui, je le répete, vous fûtes plus heureux.... Mais ne perdons pas des momens précieux qui nous dérobent la vue de Blaise... Volons à son col.... Témoignons-lui nos sentimens.... &, s'il les trouve à son gré, je m'estime le plus heureux des hommes.

ZOROASTRE.

Je vais frapper à sa porte.

ACHMET *le retenant.*

Non..... dans les transports de mon amour.... Excusez, si je suis votre rival..... ou du moins allons-y ensemble. [*Allant pour frapper, il entend chanter*].

Sous le nom de l'Amitié, &c.

Je croyois trouver un homme dans la tristesse; (*riant*) mais je me suis trompé.

ZOROASTRE.

Alphonse est peut-être rentré chez lui.

ACHMET.

Il faut voir cela. (*Heurtant*).... Ouvrez.....

BLAISE.

Qui va là ?

ACHMET.

Ami.

SCENE IV.

ACHMET, BLAISE, ZOROASTRE, ALPHONSE, Chœur des Musiciens & Danseurs.

(*Ici Blaise paroît une bouteille à la main; voyant Achmet revêtu du manteau du Ministre, il laisse tomber aussi-tôt sa bouteille, & se jette aux pieds d'Achmet, Achmet le releve & l'embrasse*).

ACHMET.

CHER Blaise,, excuses, si j'interromps ta joie, c'est un ami qui vient la partager..... Reconnois Achmet & Zoroastre.

BLAISE, *tremblant.*

Excuſez, ſi je vous reçois en ami.

ACHMET, *riant.*

Monſieur l'homme ſans façon, vous ne nous devez pas d'excuſe...... Vous ne nous avez point offenſé.....

BLAISE.

Pour me le prouver, il faut boire un coup avec nous.....

ZOROASTRE.

Avec vous.... Eſt-ce que vous êtes pluſieurs ?....

BLAISE.

Comment, vous ne ſçavez pas cela.... & pardi vous ſçavez bien qu'on a chaſſé Alphonſe de la Cour.

ACHMET.

Oui..... Mais nous ſçavons auſſi qu'il t'a fait chaſſer de ſon Palais.

BLAISE.

Oh ! tenez. Meſſieurs, ne parlons pas de cela.... Ne parlons pas de cela.... Il ne l'a pas fait exprès,.... Il eſt venu me redemander la place qu'il occupoit autrefois dans mon cœur...... Et il eſt trop ſenſible pour lui refuſer......

ACHMET, *à Zoroaſtre.*

Quel homme ! Qu'il eſt bon ! Qu'il eſt franc ! (*A Blaiſe précipitamment*). Ha! cher Blaiſe, s'il y en avoit une ſeconde.....

ZOROASTRE, *interrompant.*

S'il y en avoit une troiſième....

ACHMET, *continuant.*

N'en cherchez point d'autres pour les occuper.

BLAISE.

S'il en étoit digne.... Il y auroit déjà long-temps qu'il vous l'auroit accordé.

ACHMET.

Digne... Il ne l'est que trop... Et pour te le prouver, au lieu de cette foule de Courtisans que tu as vu entourer Alphonse.... toi seul le remplacera à mon égard... Oui l'on ne me verra jamais avec d'autres Courtisans qu'avec toi; mon Palais sera le tien... Mes Esclaves seront à toi... & mes amis tes amis... Si tu l'acceptes, ce sera là que je reconoîtrai la place que j'occupe dans ton cœur...

BLAISE.

Je puis vous jurer, que vous occupez la première... Mais moi, aller à la Cour!... Oh! que non... que non... L'on monte, & l'on redescend trop vîte... Ma chaumière sera mon Palais... Ce sera là; où, si vous le jugez à propos, que je vous ferai ma cour, & si vous daignez accepter pour amis les miens... vous n'en avez qu'un seul à adopter... C'est Alphonse...

ACHMET.

Alphonse... Mais est-ce qu'il est ici?...

BLAISE.

Oui.

ACHMET.

Fais le venir.

BLAISE *va appeller Alphonse.*

Hola! Alphonse...

ALPHONSE *surpris.*

Quoi! Messieurs, vous êtes par ici?

ACHMET.

Oui, & tout Ministre que je suis..... Je n'ai point perdu la vue, comme vous voyez..... Je reconnois encore Blaise, quoique je n'aie pas été élevé avec lui.

BLAISE *interrompant.*

Oh, de grâce.... ne parlons pas de cela.... Vous avez promis que vous boiriez un coup avec nous. (*A Alphonse*). Alphonse, apporte la table. (*Alphonse apporte une table, sur laquelle est servi un repas frugal*). Tels sont, Seigneur, les mets d'un Bucheron; d'abord, je n'ai point fait d'extraordinaire pour vous recevoir... A votre santé..

ACHMET.

Ton bon cœur est mille fois préférable aux mets les plus recherchés..... Aussi je vais t'emmener avec moi.....

BLAISE.

Je vous ai déjà dit, Seigneur, que si vous vouliez m'accorder une grâce, c'étoit de me laisser dans ma chaumière avec Alphonse....

ACHMET.

Je ne voudrois rien te refuser.... Mais cependant ce n'est qu'à regret que je te l'accorde..... Il est si doux de posséder à la Cour un homme... Mais un homme vertueux.... Un ami... Mais un ami sincère.... Un Courtisan... Mais un Courtisan fidèle; que lorsque l'on en a trouvé un, il devroit occuper, avec le Monarque, une partie de son Thrône... Où le trouver cet homme accompli? C'est dans la personne de Blaise.

BLAISE, *le verre en main.*

Toujours des complimens, c'eſt la coutume des gens de Cour... Toujours le verre en main, c'eſt celle des Bucherons... A votre ſanté...

ZOROASTRE & ACHMET *riants.*

Ha, ha....

BLAISE *ayant bu.*

Si vous me trouvez capable de donner des conſeils, ne dédaignez point la chaumière de Blaiſe.

ACHMET *à Zoroaſtre.*

Quel tréſor, cher ami, avons-nous trouvé ?

ZOROASTRE.

Il n'en eſt pas de comparable (*A demi-voix à Achmet.*) Il faut un peu rejouir le bon Payſan ; pour cet effet, il faut faire exécuter quelque danſe dans cette forêt.

ACHMET.

Je le veux bien... Mais le temps ne nous permet pas d'y aſſiſter... Il faut nous rendre auprès du Monarque... & cela n'empêche pas...

ZOROASTRE.

Je vais avertir les Muſiciens, & ceux qui devoient danſer à la fête que devoit donner l'Empereur.

ACHMET.

Ce n'eſt point la peine... Nous leur dirons en nous en allant. (*Pendant ce temps-là Blaiſe boit avec Alphonſe*).

BLAISE.

Que dites-vous donc là tout bas ?

ACHMET.

Nous disons, qu'en réjouissance du trésor que nous avons trouvé en ta personne, nous allons donner une fête dans cette forêt....

BLAISE.

Vous avez bien de la bonté, Seigneur....

ACHMET.

Adieu, cher Blaise, adieu.... Lorsqu'un Ministre, accablé sous le poids des affaires, viendra pour se soulager, te demander conseil.... ne le lui refuses pas... Je ne te promets point l'Empire... mais je t'accorde tout ce qui dépend de moi.... Adieu... Au fond du Palais, dans lequel tu fus autrefois si mal reçu..... tu y trouveras maintenant un ami....

BLAISE.

Et vous, Seigneur, vous trouverez dans cette chaumière, je n'ose employer le nom d'ami, mais de Serviteur zélé.

[*On verra au départ d'Achmet & de Zoroastre, paroître aussi-tôt le Chœur des Danseurs*].

Fin du troisième & dernier Acte.

Lu & approuvé, ce 20 Février 1776.
CRÉBILLON.

Vû l'approbation, permis d'imprimer, ce 24 Février 1776. ALBERT.

On trouve cette Pièce chez la Veuve DUCHESNE, *Libraire, rue S. Jacques.*

www.ingramcontent.com/pod-product-compliance
Ingram Content Group UK Ltd.
Pitfield, Milton Keynes, MK11 3LW, UK
UKHW020445230726
13925UKWH00004B/1814